Palomita's Cravings
Los Antojitos de Palomita
Buñuelos

BY VANESA SALINAS-DÍAZ
ILLUSTRATED BY ANTONELLA CAMMARANO

Los Antojitos de Palomita: Buñuelos
Published by Paloma Latina Books
Grand Prairie, Texas, U.S.A.

SALINAS-DÍAZ, VANESA, Author
PALOMITA'S CRAVINGS
VANESA SALINAS-DÍAZ

ISBN: 978-1-7371119-0-0

QUANTITY PURCHASES: Schools, companies, professional groups, clubs, and other organizations may qualify for special terms when ordering quantities of this title. For information, email palomalatinabooks@gmail.com

Palomita, may you soar through life with
unbreakable wings.
Palomita, vuela por la vida con alas
indestructibles.

To my husband, family, and friends, thank you
for supporting me on this journey.
Para mi esposo, familia, y amistades, muchas
gracias por apoyarme en esta aventura.

Edited by/Editado por:
Mauro Díaz
Julián Reséndiz

I love Navidad and the smell of sweet bread, the hot chocolate and the presents. But most of all, I love spending time with my family.

I patiently await their arrival as I listen to the Spanish Christmas carols blaring throughout our home.

Lolo, Ata and all of my extended family are visiting us from out of town. I call my grandparents Lolo and Ata because when I was little I could never say Abuelo or Abuela.

Me encanta la navidad y el olor a pan dulce, el chocolate caliente y los regalos. Pero lo más importante es pasar el tiempo con mi familia.

Espero a mi familia mientras escucho los villancicos a todo volumen en mi casa.

Mis abuelos Lolo y Ata, y toda nuestra familia vienen de visita. Les digo así a mis abuelos porque de pequeña nunca pude decir Abuelo o Abuela.

It's Christmas Eve and the house looks extra special.

"The house looks beautiful, Palomita," Ata says as she and the whole family walk in the house.

"Thank you, Ata," I say as I drag her to the living room. "Look at the tree!"

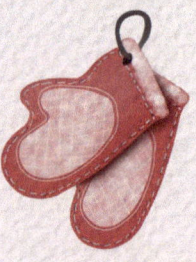

Es Nochebuena y la casa se ve súper.

"La casa se ve bella, Palomita", me dice Ata mientras toda la familia entra a casa.

"Gracias, Ata", le respondo mientras la encamino hacia la sala. "¡Mira el árbol!"

I then take my Ata to the kitchen, which is also decorated for Christmas. I have the aprons we are going to use to make the buñuelos.

"Ready, Ata?" I ask with excitement.

"I can't wait to make our traditional buñuelos," Ata replies as she helps me button my apron. "I can already taste the fried cinnamon pastry."

Luego llevo a mi Ata a la cocina que también luce decoraciones navideñas. Ya tenía listos los mandiles que vamos a usar para hacer los buñuelos.

"¿Lista, Ata?" le pregunto emocionada.

"Ya quiero hacer los buñuelos", me responde Ata mientras me ayuda abrocharme el mandil. "Ya puedo saborear la masa frita llena de canela".

We take out all of the ingredients we are going to use from the cabinet. There are different recipes to make them, but this is the way we do them at our home. We use flour, vegetable shortening, warm water, oil, sugar, salt, vanilla, and cinnamon.

Sacamos de la despensa todos los ingredientes que vamos a usar. Hay diferentes recetas para hacer los buñuelos, pero este es el modo que los hacemos en nuestro hogar. Usamos la harina, manteca, agua tibia, aceite, azúcar, sal, vainilla, y canela.

We start making the dough. I pick up the heavy flour bag, but it slips. My face is covered with white powder. We laugh at my silly-looking face that is now as white as a snowman. After Ata helps me clean my face, I try again.

"How much sugar, cinnamon, and salt do I add?" I ask.

"Just add a pinch of seasoning with a pinch of love," she smiles and winks at me.

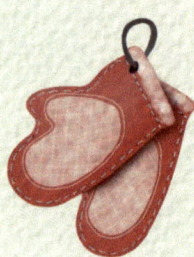

Empezamos a hacer la masa. Levanto la bolsa pesada de harina, pero se me resbala. Mi cara está cubierta de polvo blanco. Nos reímos de mi cara que luce chistosa y blanca como un muñeco de nieve. Después de que Ata me ayuda a limpiarme la cara, lo intento de nuevo.

"¿Cuánta azúcar, canela, y sal le pongo?" le pregunto.

"Solamente agrega un poquito de sazón y un poquito de amor", sonríe y me guiñe un ojo.

That is her answer for everything. Ata never uses recipes or measures the ingredients. She always adds a "pinch" here and a "pinch" there with lots of seasoning and lots of love. She's been cooking since she was little like me. For her, it was a way of life in Mexico. For me, it is pure joy.

I think I've added enough seasoning to the flour. Next, I add the shortening, the vanilla, and warm water. Ata pours the oil in the pan and places it on the stove while I start kneading the mixture with the liquids. I mix and mix with my hands for about 10 minutes. My hands are tired, but it will be worth it.

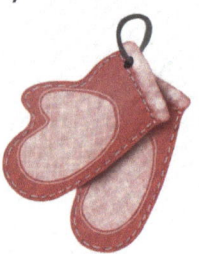

Esa es su respuesta para todo. Ata nunca usa recetas, ni mide los ingredientes. Siempre le agrega "un poquito" aquí y "un poquito" allá con mucho sazón y mucho amor. Ella ha cocinado desde que era pequeña como yo. Para ella, era una forma de vida en México. Para mí, es pura alegría.

Creo que le agregué suficiente sazón a la harina, así que le agrego la manteca, la vainilla, y luego el agua tibia. Ata vierte el aceite en el sartén y lo coloca en la estufa mientras yo empiezo a amasar la mezcla de harina con los líquidos. Mezclo y mezclo con mis manos durante unos 10 minutos. Mis manos están cansadas, pero valdrá la pena.

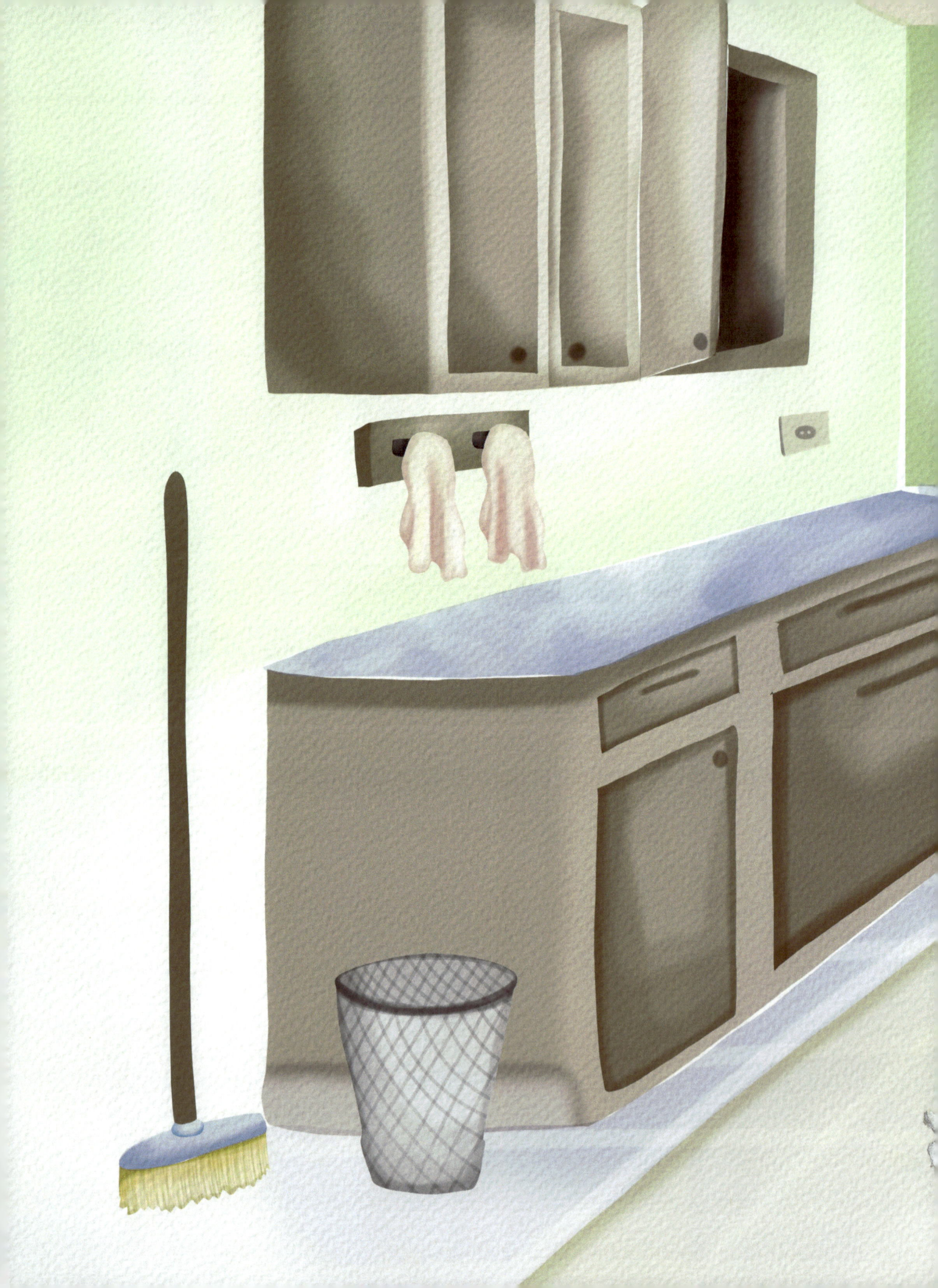

As soon as the dough has the perfect soft and smooth texture, I roll it into a big ball and cover it. Ata and I sing and dance around the kitchen while we wait for the dough to set. After half an hour, we start rolling it into small balls.

The next step is tricky. I get the rolling pin and start flattening the first ball.

It's supposed to be a round and flat circle, but it's hard to do. My Ata laughs so hard when she sees the oddly shaped buñuelos I am making.

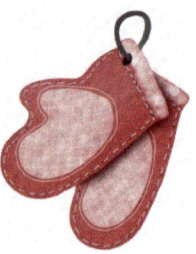

Tan pronto la masa tiene la textura suave y lisa, la enrollo en una bola grande y la cubro. Ata y yo cantamos y bailamos alrededor de la cocina mientras esperamos que la masa se asiente. Después de media hora, comenzamos a enrollarla en bolitas pequeñas.

El siguiente paso es complicado. Agarro el palo de amasar y empiezo a rodar la primera bolita.

Se supone que debe ser un círculo redondo y plano, pero es difícil de hacer. Mi Ata se ríe tanto cuando ve los buñuelos de formas extrañas que hice.

"It's okay, Palomita. When I was little my buñuelos came out just like yours," Ata says as she shows me how to make a nice circle-shaped buñuelo.

"How do you do it so perfectly, Ata?" I ask her as I stare in amazement.

"Practice makes perfect," she answers and smiles.

I continue to practice with each dough ball. Little by little each dough ball comes out better. It isn't until my last attempt that I finally get a nice flat circle.

"You are right, Ata. Practice does make perfect. I will never give up," I say.

"Está bien, Palomita. Cuando yo era pequeña mis buñuelos salían igual que los tuyos", dice mientras me muestra cómo hacer un buñuelo en forma de círculo.

"¿Cómo lo haces tan perfecto, Ata?" le pregunto mientras la miro con asombro.

"La práctica hace la perfección", responde y sonríe.

Continúo y sigo practicando con cada bolita de masa. Poco a poco mejoran. No es hasta mi último intento que finalmente sale un círculo plano y perfecto.

"Tienes razón, Ata. La práctica hace la perfección. Nunca me voy a dar por vencida", le digo.

It was time to fry them. My Ata takes care of frying the buñuelos because I'm not allowed to cook on the stove just yet. I stare at my Ata as she fries the buñuelos wondering how it is that she cooks with so much love.

The buñuelos sizzle and sizzle as Ata keeps putting the flat dough in the oil.

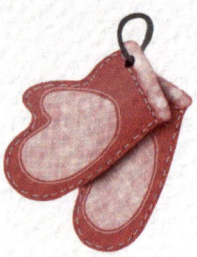

Llega el momento de freír. Mi Ata se encarga de freír los buñuelos porque todavía no me permiten cocinar en la estufa. Observo a Ata mientras fríe los buñuelos y pienso cómo cocina con tanto amor.

Los buñuelos chisporrotean mientras Ata sigue poniendo la masa en el aceite.

In the meantime, I prepare the buñuelos station. I add cinnamon and sugar to a big round plate and mix it. Next to it, I cover another plate with paper towels to place the hot, crispy buñuelos.

The smell of fried dough starts to linger throughout the house.

Mientras tanto, preparo la estación de los buñuelos. Agrego canela y azúcar a un plato grande y redondo y lo mezclo. Junto a ese plato, cubro otro con toallas de papel para colocar los buñuelos calientes y crujientes.

Se puede oler la masa frita por toda la casa.

"It smells good, Palomita," my Lolo yells from the living room.

"I know, Lolo! They are going to taste so good you won't be able to eat just one," I scream back.

"¡Huele rico, Palomita!" grita Lolo desde la sala.

"¡Lo sé, Lolo! Van a tener un sabor tan bueno que no podrás comerte solo uno", le respondo.

I carefully garnish the cinnamon mixture to the top of each buñuelo as my Ata places them on the plate one by one. This is the taste and smell of Christmas in my home.

"I hope everyone is ready because the buñuelos are done!" I scream.

Everyone rushes to the kitchen. We eat and laugh as a family. Nothing works better than food to gather everyone during a joyous time of the year.

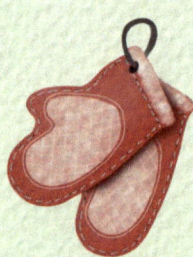

Agrego con cuidado la canela arriba de cada buñuelo mientras Ata los coloca en el plato. Estos son los sabores y olores de la Navidad en mi casa.

"¡Espero que todos estén listos porque ya terminé de preparar los buñuelos!" exclamo.

Todos se apresuran a la cocina. Comimos y reímos en familia. No hay nada mejor que la comida para reunir a todos durante la época más alegre del año.

Before we know it, the buñuelos are all gone.

"The buñuelos were delicious, Palomita," Lolo tells me, and everyone agrees.

"Of course they are! We made them with a pinch of seasoning and a pinch of love," I say.

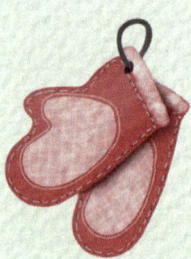

En un abrir y cerrar de ojos, los buñuelos se acaban.

"Los buñuelos estaban riquísimos, Palomita", me dice Lolo mientras todos coinciden.

"¡Por supuesto que lo son! Los hicimos con un poquito de sazón y un poquito de amor", digo.

Vanesa Salinas-Díaz is an award-winning journalist and educator who currently serves as a bilingual specialist in Texas. Her transition into the world of teaching also included positions as a fourth-grade bilingual teacher and reading specialist. The native of Brownsville, Texas, is a graduate of the University of Texas at Austin. She, her husband, and daughter live in Dallas.

Vanesa Salinas-Díaz es una periodista premiada y educadora que se desempeña como especialista bilingüe en Texas. Su transición al mundo de la enseñanza también incluyó puestos como maestra bilingüe de cuarto grado y especialista en lectura. La originaria de Brownsville, Texas, se graduó de la Universidad de Texas en Austin. Ella, su esposo, y su hija viven en Dallas.

Antonella Cammarano is a Venezuelan illustrator and freelancer who specializes in creating and designing children's stories. She studied at the Arteneo art school in Madrid. She currently lives in Buenos Aires, Argentina.

Antonella Cammarano es una ilustradora y freelancer venezolana que se especializa en crear y diseñar cuentos infantiles. Estudió en la escuela de arte Arteneo en Madrid. Vive actualmente en Buenos Aires, Argentina.

www.ingramcontent.com/pod-product-compliance
Lightning Source LLC
Chambersburg PA
CBHW041013170626
46815CB00003B/277